JN138248

もうひとつの時の流れのなかで

池上貞子

思潮社

もうひとつの時の流れのなかで

池上貞子

思潮社

目次

II

III

扉カット＝著者

もうひとつの時の流れのなかで

序詩　もうひとつの時の流れのなかで

大いなる平らかな丘にあって
木の間隠れにのびやかな海を望む

毀れた
土壁はいまなお侵略の礎を守り
時の列車から降り立った旅人は
もうひとつの時の流れのなかで
逍遥する

いる　いない？

ひとり　ふたり?
見える　見える　まぼろし

陽光の下
千二百年の歳月を重ねた土は
この地を追われた古人の血と
旅する人の仔細を封じ込めて
たおやか

露わにされたばかりの敷石が
ごつごつと踏む人の足を痛める

二〇〇二年十月二十日、多賀城にて

I

雨――南大沢所感

ライトアップされたペイヴメントに
黒いしみがひとつ　ふたつ
――憎らしいほどよく当たる天気予報だ――
顔のない声が
わたしを追い越していく

雨

ああ　もう何年も
天気予報のことなど忘れていた

雨

はじめは　たしか
古い商店街を歩いていた
はずなのに　この
闇の中に浮かぶフォルムは
巨大な石のモニュメント

わたしの足が宙を掻く

小さな地球が砕け散る

雨
わたしの靴先に　雨

ペイヴメントに　雨
雨

――それでも俺たちは歩きつづけているよ――
男が言ったのは　あるいは
男自身の歩き方のことだった
のかもしれない　あの
古い商店街を先に歩いていた男が
今日　言ったのは

男の上にも
雨

一九九三年十二月二十日
東京都立大学新キャンパスをはじめて訪れて

東京暮らし

日常生活の慣行のなかで
肉体は惰性を重ね着して
まどろみ
神経はたわみにたわめられて
自縛する
まして　時の張りひろげる
根の深ければ
なおさらのこと

東京暮らしも久しくなった

たまさか帰る故郷では
他人のものを見るように
自分の切り株をながめてみる
不在住の野放図な軽さ！
無定見と甘えは身を隠し
したり顔だけがしゃしゃり出る

こんな束の間の悦楽のために
東京暮らしをやめない
のだろうか　わたしは

一九九六年

家も家族も財産もないけど友だちのある友だちの旅立ちに贈る歌

ひとり想いに凍えたときは
満杯のバスタブに　この
小珠を落として　お入りなさい

とけよみたせよあたためよ
エメラルドグリーンのお呪い

あらゆる細胞にはたらいて
ひとり歩きの街角で　ふと
立てたコートの襟もとにも
芽吹きの青風(あお)が匂いたつはず

軽井沢の四月

れんが色の針のクッションを　春の下に踏んで
とおく　たかく　訪れ来ても
貸してもらえぬ　スカイ・ブルーのガウン
（縫い取りは　エメラルドのビーズ）
れんが色の針のクッションを　春の下に敷いて
おもく　ながく　冬越さぬ者には

一九九三年四月二十九日

山道あるいは山の風谷の風

山道をひとり辿れば
山の風に満たされ
わたしは若緑色
谷の風が追ってきても
追いつけない

山道も頂上近ければ
岩と石が足を掬う
わたしは霧のなか
谷の風が歌を歌うから

立ちどまる

辿り来たひとすじの道
かたわらの無数の側道を
霧が掃いていく
のを
わたしは見る

彼此(ピーツー)——天安門事件から二年

彼

きのうの舞台では
わたしたちが善玉
持ちまわりの主役は
たまたま　このわたし
背景は白　と
みんなで決めた

きょうの舞台では
わたしたちは悪玉

欠かせぬ主役は
もちろん　このわたし
背景は緋色　と
だれかが決めた

しょせん　人生は
回り舞台
妻の白髪に
心励まして目を閉ざし
低見の見物　を
わたしは決めこむ

此

民主化要求のデモに参加した僕が　今
こうして東京に暮らしているのは

そんなにありうべからざることでしょうか
出国手続きの書類には
「此はデモに参加していなかった」と
ちゃんとその筋の証明にもあります

お互いさまですからね
みんなが参加していたということは
みんなが参加していなかったということなのです
彼此、彼此！　お互いさま！

しょせん　この世は持ちつ持たれつ
矢面に立たれた彼先生には
お気の毒なことでしたが。

一九九一年

食のある聖堂——安藤みど里先生に

食することは生の根源
けれども
程を過ぎてむさぼれば
いやしい

心を高いところに置いて
天井高いところに在って
年月を溶かしつつ食せば
この世の罪が　昇華する

聖母のタペストリーは
清くかがやく月の夜に
堂の高きより見守りて
聖であれかしと　説く

安藤みど里氏はエミリ・ディキンソン研究者で
クリスチャン。銀座清月堂にて

秋の想い

疲れはてた母のこころの世界に
あの黒い雲がよぎるたび
わたしたちは庭先の光景を話題にしたのだった

春からの暗紅色に　火を点じはじめた楓
惜しみすぎて　収穫しそこなった百目柿
父のまいた　米粒にひきよせられ来る雀

見えるもの　聞こえるものは
いつ踏み出すやも知れぬ横道に

一とき遮断機をおろしたが
一つの光景を
永遠に話題にするのは　不可能だった

見えないものへの緊張が
わたしたちを走らせた
あてのないゴールに向かって

なのに　どこにも行きつかぬうち
道は途切れ　消えた
失速したわたしの心は中空で空まわり
真下で楓が今年の炎をあげている

一九九七年二月、母中島良子永眠。半年後

花吹雪

キャンパスの桜の樹が
何本も　何本も
幾種類も　幾種類も
それぞれの時間を確かめあいながら
見られ　撮られている

春の午後の
時ならぬ風
コマツナギの花吹雪

行きあわせた乙女らは
担わされたばかりの用向きを忘れ
両手を広げて　つま先立ちをする
まわり　めぐる
花びらたち

乙女らの手が　空をつかむ

*最後の行の「空」の字は、明るい気持ちになりたい人は「そら」と、
人生とはこんなものさと思う人は「くう」と読んでください。

二〇〇四年四月十日、跡見学園女子大学新座キャンパスにて

剝離

病床から見あげる父の目に
ぼくの姿がうつらない
ぼくが　いない！

習慣となったぼくの憎しみは
受けとめ手を失い　球体となって
空に浮く

凝固し
色あせ

剝がれ
………
………
ガラス玉のなかに緑の原風景が見える
ぼくのなかの球体の空洞に
いま　幾十年ぶんもの
雨がふっている

友人の父の訃報に接して

飛翔する透明な方丈――高行健『ある男の聖書』を読む

1

風に吹きあげられた木の葉が
気流に乗り　俯瞰する
迷彩の大地
ジグザグの時の流れ
木の葉は旋回
落下する

2

地上に降り立ったあなたは
苦行僧となり
乾きひびわれた身体に
オーデコロンをしみ込ます
透明な方丈に座して
倦むことなく生の経文を読む

文学　女　墨絵
あなたの透明な方丈が飛翔する

後なきを恐れず
民族のドグマから解き放たれた
あなたは　いま
普遍となって
一度きりの人生で

人間の自由と尊厳を検証している

二〇〇一年一月二十五日、訳者飯塚容氏に

桑の実——ある現代中国文学研究者の集まりの帰りに

花の樹にまぎれて
頭上高くある　桑の実は
示す人がなければ
通いなれた路にあっても
知られない

現代化にまぎれて
想い遠くある　桑の実は
季節が巡りくれば
大いなる混乱のときにも

紅を点じる

アスファルトの路上　はるかな
梢の先の　くぐもりの空
嵐にかしぐ大樹の表皮に
かろうじて留まった　頑なな心

知る者　育まれる者が　すでに
絶えたように言われるけれど
示す者　信じる者が　今ともに
口に含んでみている　桑の実

一九九三年

II

マリアン

カナダの花の町ヴィクトリアでは
ハナミズキが一年に二度咲く
英語学校の行き帰りに
マリアンは並木道のそれを見る
あと二年の家のローンが済んだら
買い替えるつもりの時代物の車の窓から

マリアンは生徒たちのことを考える
故国を離れ　この国で
二度目の人生を始めようとしている人たちの

子どものことを
彼女の創った心理テストの絵には
幼い心を育み　たわめた
それぞれの社会が　色鮮やかに
輪郭くっきりと浮かびあがる
未来に伸びる線の　その奥に

この町の高級住宅街はそっくり門のなか
人影はまばら　電線は地の下
マリアンが住むのはブルーカラー通り
ベランダの丸太を自分で組み立てる
インテリアの基調はベージュと焦げ茶
壁には中国の国画と拓本の額縁

十年目の再会

ともに天津で教えていたあの頃の神秘が
コーヒー・カップの湯気のなかに溶けていく

一九九一年

風

——ロス・アンジェルスにて張愛玲最後の公寓を訪ねる

あなたはもう拒むこともできないのに
ためらわれるのですが
いましばらくここにいさせてください
わたしは風です

白酔夢——サンタ・バーバラにて白先勇を訪なう

これはほんとうのことでしょうか
あなたはスーパーマーケットで酒と果物を買い
自分の台所でオリジナル・パンチを作っている
窓の外の躑躅と椿たち

中国大陸を離れ　台湾に
アメリカに流亡する人びとを
闇の向こうから映しつづけた
あなたが　いま
サンタ・バーバラのあふれる光と緑のなかで

A-ha と嬌声めいたあいづちをうって
来てくれてうれしい　と手を取る

にわか仕立てのわたしのアンテナにとどく
微周波
英語でもなく　中国語でもなく
ましてや日本語でもない
伝わりくる言葉たち

そしてパンチのできあがり

酔いすぎたわたしは手づかみで
あなたの冷蔵庫から
氷を取り出す
指先の痛みだけが真実

ジョンが君たちを——サリナスにて

車から降り立った遠来の客に
通りすがりの老人が目配せをした
John is waiting for you——

そう
彼が待っているのでなかったら
この町に来ることはなかった
かもしれない

サリナス

まずしくもなく
うるさくもなく
みにくくもない町

文豪の生まれた家は
ひなびたレストランに変わり
ボランティアの老女たちの
ホスピタリティがはなやぐ

スタインベック・グッズと
一種類だけのランチ・メニュー
昼下がりの弛緩のなかに
一日のエネルギーを溶いている老夫婦たち

渓谷という名の帯状の耕地は
見わたすかぎりのキャベツ畑
フリーウエイを疾走する車に
スプリンクラーが虹を架ける

農具を持つ人の群れは
南の国境を越えてきた
人たちのそれ

遠来の客は渓谷を逸れて
海へ　モントレーへと向かう
ジョンはそこでも　彼らを
待っているかもしれないから

砂漠の公園にて——アリゾナ州ツーソンにて

アリゾナの砂漠に
つかの間の雨がふった

サボテンは花びらを広げ
はるかなカリフォルニアの海の
匂いを吸いこむ

故土を追われた人たちの哀しみ
心を峠に住まわせる人の慈しみ

花びらは古く新しい想いを染みこませて
ふくらむ
たわわに

やがて雨はやみ
サボテンは花びらを閉じる
荒涼たるざわめきのなかに
ささやかな緑の柱として立つ

ネイティヴ・アメリカン・マジック

おまえの耳たぶにへばりついている
その
小さな金のつぶを　おはずし

先住民のおんなの作った
この
赤い珊瑚の耳飾りをつけて
夜が来るのを待つがいい

銀の穂先がたえまなく揺れて

感じやすいおまえの首すじをうつ
いつか必ず
闇の淵のかがやく水面に
見たこともないものが見えるだろう

サンクチュアリ／峠

そこは不毛の山を背に
不毛の大地をのぞむ峠
大地の果ての靄が
青山を抱いて　やさしい

人間は
どこから来て
どこへ行くのか

峠に佇む人は

その身を媒体に
宇宙と交信して
答を夢のなかに
探す

サンクチュアリ／峠
それぞれの人の
それぞれの峠

わたしはいま透明人間となって
あの青山を見ている

サンタモニカ物語

九月のサンタモニカは小雨にけぶり
浜辺へ出るには遅すぎた

旅のおわりの男と女は
話題をつむいで人目を愉しむ
週末市の野菜の生産者の来歴
桟橋で魚釣る人の本当の目的

無尽蔵の情景に時間がとまどう

夏の最中に来ていたならと
口にするにはおとなにして

かく生き来たりて　かくあり
歩幅は違っても歩調は合うもの

サンタモニカが似合うのは
太陽と若者ばかりとはかぎらない

ひみつのR

小箱がからっぽなのは
容れるものがあるから
ふるい型をなぞるのは
ない物を形づくるため
思い出をくりかえして
また蘇る　満つるよう
RECALL?　REPEAT?　RECOVER?

いつか来るその時まで

二〇〇二年三月三十一日、L・Aにて

ポタラ宮のコスモス

コスモスの茂みが
チベット・ブルーの空を背負う坂道
エビ茶色の壁面から抜け出た彼女が
足をとめて　ほほえむ

——日本語でもコスモス?
漢語では知らないけれど
大学で専攻したフランス語でも
コスモスよ

コスモス・宇宙

そう　チベットは宇宙にいちばん近い

ラサの町には巡礼者がひきもきらず
ラマ寺院の薄暗がりにおびただしい
白いハタ　ヤク・バターの灯明
ラサの町には漢民族がひきもきらず
表通りにも路地裏にもおびただしい
四川料理屋　解放軍兵士

――四川省出身の漢民族？
チベット族の彼とは
旅行団の通訳で来て
知り合ったってわけね

国際文化交流団体主宰

そう　彼らの愛は宇宙にいちばん近い

一九九六年

チベットはラサにて

ラサのジュルガン（大昭寺）には巡礼者がいっぱい
五体投地　ヤク・バターの灯明　白いハタ

ラサのチベット・レストランには外国人がいっぱい
麦こがし　ヤクのステーキ　青稞酒

　ダライ・ラマ十四世は他人の写真の裏に納まり
セラ寺の河口慧海はタダトーカンとして伝わる

チベットにはラサにはは人民解放軍がいっぱい

ポタラ宮の青い空　黄茶けた山肌　緑の軍服

かくしてチベットは存在

かくしてチベットは平和

一九九六年

ある男の独白——韓国・屏山書院にて

砂州に臨む広舞台に立っていると
書院から降りてきた早春の風が
オレの背をたたいて河原をわたり
対岸の岩屏風を這いのぼっていく

鉛色の岩肌
色のない灌木
けれども季節のすぐ先に
満開の　うす紅色のチンダルレ（つつじ）が見える
砂州には野あそびの　歌いおどる娘たち

風をはらむ　チマ・チョゴリ
〝排他的ナショナリスト!〟
オレはなぜ口走ったのだろう
日本語で
日本の友人の前で

〝あなた方の先輩たちは朝鮮の龍脈を切断しました。
だから、朝鮮はだめになったのです〟
民俗博物館のあの老ボランティア・ガイドは
いつもどおり日本人観光客に言っただけなのに

オレは今　わけもなく
書院の庭の黒竹に心をひかれ
かつて　ここに

集い語らいあった人たちがいたことを
懐かしく誇らしく　想っている
夏には家族をつれてまたここに来よう

二〇〇三年四月十九日

にわか雨——アジア詩人会議のために日月潭を再訪して

真昼の船着き場ににわか雨がかかる
灰色のスクリーンに映る二十八年前の映像
湖畔の稜線を記憶の筆先がたどり
ここがおまえの出発点だったとささやく

湖にも人にも歴史にも
わたしの理解は雨幕の向こう側にあった
歳月はすべてを　日のひかりの下
月あかりの下に晒したとは言いがたいけれど
わたしが海峡を越えるには充分であった

集いいる詩人たちの現在への讃歌
アジアへ広げる未来への確信のなかで
わたしはひそかに時の旅人となっている
ああ　もう雨が止む

一九九五年九月一日

おじいさんの青いセーター——台湾の作家鄭清文氏に

小さな島のおじいさんが
おともだちに会うため
大きな島へやって来ました。

大きな島は寒かったので
おじいさんはすてきな青いセーターを
買いました。

新しいセーターを着たおじいさんは
うれしくてうれしくてたまりません。

くるくるまわりながら言いました。

「みんな見ておくれ。
このセーターはとてもあたたかいよ」

見ると、おじいさんのセーターのまんなかが
暖炉の火のようにあかあかと燃えています。

まわりのおともだちもうれしくなって
言いました。

「ほんとうはセーターじゃなくて
おじいさんの心があたたかいんですよ。
だから、ほら、わたしたちは誰も
セーターを着ていなくても平気でしょ?」

おともだちもみんなくるくるまわりました。
そしたらみんな、自分の胸のところにも
暖炉ができているような気がしました。

二〇〇二年三月二十九日、米サンタ・バーバラにて

III

厦門再訪

かすむ鷺江の中空に
たしかに屹立する岩の影

かつてそこに立ったことの
詳細はことごとく消えて
今はただ目まいと吐き気だけ

鷺江の此辺では
ビルの下の土がスクラムを組み
風がバリアを作って

三十余年の時間(とき)をさまよう
たましいの
着地をはばんでいる

二〇一六年三月三十日、厦門鷺江賓館にて

閩南の春

木綿樹（きわたのき）も象牙花の木も　花びらが
朱に陰を宿して
三々五々　地表でまどろんでいる

港は堆積と浚渫をくりかえし
人を外へと向かわせ
　内へと招き入れてきた

泉州の蔡氏古民居では
居民はわれとわが地を壁でかこい

老女たちの髪つくろいに矜持が匂いたつ

厦門の華僑博物館では
海の彼方で祖地を想う人々の
時間が現在（いま）という編針で編まれている

旅人は岩と緑樹の坂道でさまよい
足を留めたその一点（ポイント）が
留めさせた人の得点（ポイント）となった

二〇一六年四月一日

新学期

Ｉ 大学生

大学の教員として
定年退職まであと一年を切った
毎日が最後だと思うから
たいていのことは乗り切れる

今日は　小レポート作成の授業で
書き方を説明し終わったとたん
目の前の学生が用紙をひらひらさせながら

これに何を書くんですかと真顔で訊いてきた

二〇一六年四月八日

Ⅱ 高校生

――あれ　ここ　どこ？

朝の下り電車のなかで
閉じたわたしの瞼のうらを慌ただしい影がよぎった
ドアの前で女子高生がふたり
路線図を見上げている

――うちら　いくつか乗り越したらしい

――……

――ヤバイね

――ヤバイ

――でも　間に合うと思うよ

――うん　間に合うと思う

電車を降りて行くふたりの背中の
大きなリュックにセーラー服の
真っ白なスカーフの先が引っ掛かっている

二〇一六年四月十二日

ネクタイ

桜の花びらが舞いかかるコンビニの前で
いがぐり頭の高校生が
友だちにネクタイを結んでもらっている
〝これをこっちへ持っていって　こう……な？〟

通りがかりのわたしはたちまち半世紀前にタイムスリップ
入学したばかりの大学の教室で
東北訛りのある級友に
ネクタイの結び方を教えている

自分でやるのと方向がちがい
思いがけず手こずった
結び終わってようやく
火照り顔で視線を合わせたのだった

六〇年代半ばのこと　しばしば
ダンスパーティが開かれていた
そしてやがて学生運動の大波
彼はその波のなかに姿を消した

わたしはもうじき古稀を迎える
五年前の三・一一の時には　郊外の職場から
四時間歩いて都内の自宅に帰った
あの日　彼は故郷の福島にいなかったろうか

二〇一六年四月五日

そのところにいれば

ターミナル駅発車の各駅に乗り
仕事帰りの身体を座席に
靠れかけさせる

発車時刻を過ぎてから
沿線で人身事故発生のため
全線不通にするとのアナウンス

以前だったらすぐ立ち上がり
別ルートで行くかタクシーに

乗った　のだけれど

でも分かった
そのところにいるのが一番いい
今いるところで待つのがいいのだ

さいわい三十分後にとりあえずの運転再開
わたしの帰りたいところに帰れた
今日　わたしが動かなかったのは
決して疲れていたからだけじゃない

二〇一六年四月十五日

髪の毛の話

きれいな色のほうがいいと
五歳の孫娘が　おばあちゃんの髪を
ピンク色のクレヨンで描く

あなたのパパは中学生のころ　一度だけ
つぶやいた　聞こえよがしに
――おれも金髪にしようかな

来たなと思ったから　マジで答えてやった
――やってみれば

あんたは色白だからきっと似合うかもよ
そのうち……とかなんとか言っていたが
あれから四半世紀　今では金髪なんか珍しくもないし
彼が金髪になったのも見たことがない

二〇一六年四月六日

彼の買車歴

二十歳のとき　彼は自分で中古のサファリを契約してきた
家族会議は深夜に及び　定職もないのだからせめて軽に
と形勢不利　切羽詰まった彼は
おれの足の長さを考えてくれ
だって

三十歳にならぬうちに結婚したとき
彼は新車のセレナに買い換えた
親が車椅子の生活になっても大丈夫なように
だって

四十歳のときには　子どもは二人　妻が職場で昇進
彼は中古のＢＭＷセダンに買い換えた
新車の国産車と同じ値段だから
だってさ

五十歳になったら彼はどんな車に乗っているのだろう

二〇一六年四月十三日

いびつな回り灯籠

回り灯籠の混沌のなかに
小さな塵が混じっていて
そこに光が当たったとき
めでたく詩が生まれるの
だが何しろ灯籠がいびつ
でおまけに軸が傾いてい
るので一体いつどのよう
にしてそれが起こるのか
誰にもわからない

二〇一六年四月八日

言葉を掬う

こんなに長いあいだなぜ黙っていたのかと訊かれれば
他人の歌を掬っていたのだと言うしかない

体系の異なる言葉を使う人の心がほんとうに
わかっていてやっていたのかと訊かれれば
同じ体系の言葉を使う人の心だってほんとうに
わかっているとは思えないと言うしかない

この世の営みのなかで出逢うことは偶然でしかない言葉と人
目の粗いわたしの掬い網に掛かる言葉はわずか

正しいことをしたと思うかと問われれば
正しいという言葉の意味がわからないと答えるしかない

二〇一六年四月二十日

也斯そして香港

百花園を訪う

百の花が咲くとは
さぞ嵩高(かさだか)であでやかなことでしょう
いえいえ　しょせんは野の花庭の花
数を恃んでもつつましやかなものです

かつて文人たちが共に語りあったとか
百花斉放の国の苦難の時代が思い致されますね
いえいえ　しょせんは折節のことば
想いのわりにおとなしやかなものです

一木一草の生い立ちと
一目一景の四季の交錯
無作為の幻想に癒されて
わが原風景が浮かび来る

二〇〇一年六月、也斯を向島百花園に案内

訪問百花園

說是百花開遍
園裏肯定是一片姹紫嫣紅
不會不會　終歸只是家花野品
數量幾多也仍是非常謙虛樸素

說是文人曾經齊聚一堂
座上肯定是一片百花鳴放的國難景觀
不會不會　終歸只是隨興交談
熱情幾多也仍是淡似水的流年

一草一木自有姿態
與四季的一瞬一景交織旋舞
自得自在的幻想撫慰了我
浮現出內心底層的原鄉風景

張文薰氏監訳

スコールにはキーメン紅茶を

屯門はもと要塞の地
異国人のわたしはしばしの仮住まい
窓の外に重なり見える山の稜線
朝には濃い霧
鳥の声、人の声
わたしはひとりでいることはない

山の緑は春とも夏とも決めかね
四季の明らかな故郷の地をおもう

時ならぬスコール
窓にかかる玉すだれ
稜線は消え
鳥の声、人の声も途絶えた

そうだ　キーメン（祁門）紅茶を飲もう
祁門の祁は小ぬか雨　スコールにはほど遠い
数日前も雨だった
香港公園の茶具文物館で
キーメン紅茶を買った
出されたお茶の香り高かったこと

香港公園なら反日集会も開ける
わたしが二十歳そこらの大学生だったら
あの日　空が晴れていたら

わたしは屯門を出て町中に行き
歴史的な光景を目にしていただろうか
それとも　茶具文物館にかくれて
茶道の日本伝来史を見学していただろうか
千利休は茶の道で豊臣秀吉に抗ったのだった

紅茶の香りは　のどから身体全体へ
そして　わたしは　リラックス

スコールがあがった　鳥の声、人の声がする
稜線は　ふたたび　二列にわかれた
手前の山は　木々の色、かたちまで　あざやか
うしろの山が　流れはじめた雲の下で　輪郭をつくる
あ　ところどころに　山道が見える
またこの週末も　人びとに混じって　あの道を歩こう

二〇〇五年四月、香港屯門嶺南大学ゲストハウスにて。一年間の香港滞在中、唯一の詩作。原文は中国語で、也斯の添削を受けた

驟雨讓我想喝祁門紅茶

屯門　原是一個要塞之地
異鄉人　我在這裡暫住
窗外　看到山脊重疊
早晨擁抱濃霧　還送來
小鳥的歌聲　登山者的語聲
而
不讓我沉緬孤獨者的處境裡
山上的綠色　是春是夏都難分
故鄉　四季自有分別

不知此刻如何

意外驟雨　放下珠簾
讓山脊拼在同一個平面
而
耳熟的鳥聲人聲遙遠

突然想喝祁門紅茶
雖然祁字形容毛毛雨
而不是意味這樣的驟雨
前幾天也是一個雨天
我在香港公園茶具文物館裡
買到了一包祁門紅茶
小姐好心令我欣賞馥郁芳香

香港公園　最合適召開反日集會
如果我是二十多歲的大學生
如果那天天氣很好
那
我是從屯門遠路進市中心
親自要看這個歷史的光景？
還是
躲在茶具博物館裡
複習茶道傳到日本的歷史？
千利休以茶道抵抗豐臣秀吉

祁門紅茶滿口芳香　傳達全身
而
解開我的緊張
驟雨停了　又能聽到鳥聲人聲

兩條稜線　現在明顯
前面那山　連樹木的顏色和輪廓也能看得清楚
後面那山　在開始散的雲彩底下造成灰色的外形
喔　幾條山脊小路忽隱忽現
這個週末也一定要跟著本地人走那些小路吧

成田エクスプレス――哀悼也斯

武蔵小杉の駅で成田エクスプレスに乗る彼を見送った
発車の時　進行方向をまっすぐ向いたハンチングの下の輪郭が
とがって鮮明だった

わたしは成田空港に向かう彼を見送ったはず
なのに　二年たったら彼はそのまま一度しか行けない国に着いてしまっていた

列車の乗り口が分かりにくくて
ふたりでホームの上を右往左往

わたしたち　またいつもの通りドジですね
そう言って笑い合ったのに
今度だけはどうして入り口で迷わなかったのでしょうか

二〇一三年一月九日、於東京

成田快速——哀悼也斯

在武藏小杉車站送別
坐成田快速的他
開車時　感到
他鴨舌帽下的輪廓
是如此明顯

他是乘坐去成田機場的列車
然而　兩年過去的今天，始發現
他已經到達遠方
只能去一次的遠方

月台上乘車口不太明確
像我們的人生
他和我一起
東
奔
西
竄

我們還是
依然故我般笨
我們互視，我們大笑
你為什麼這次這麼快找到乘車口了呢?!

林少陽氏監訳

遠くで降りしきる雪に見送られながら——香港の詩人也斯の死を悼む

今年（二〇一三年）の一月十四日の夕刻、わたしは香港で、一月五日に亡くなった詩人也斯（一九四九年生まれ）の葬儀に参列した。昼間は二十度を超えたのに、夜の葬儀場はさすがに底冷えがした。本人の作品の朗読を含めた追悼の儀式が終わったのは十時半ごろ。彼が本名の梁秉鈞として教鞭をとった嶺南大学の卒業生たちと、小さな食堂に入って麵スープで体をあたためた。ふと見あげると、テレビで東京の大雪の模様を報道していた。おりしも成人式の当日、振袖姿の若い女性の群れの前景に雪がななめに降りしきる光景は、雪の降らない香港の人々に驚きと感銘をもたらしたようだった。

也斯には雪をうたった俳句のような「万葉植物園にて雪に逢う」（一九七八年）という短詩がある。「幾千万の葉／僕はそれらの名前を知らない／次第に消えてゆく／白い色の中で／こんなに冷たく／周囲に点々と振り落ちて／すべての生命を覆う／雪／その名前を僕は知っている」（拙訳『アジアの味』思潮社、二〇一一年）。これを書いた一九七八年の冬、彼はバックパッカーとしてはじめて日本を訪れ、北海道から京都・奈良まで歩きまわった。北海道の雪景色や出会った人々とのふれあいについて、エッセイでも詳しく書いている。日本人のある種の感性を尊び、日本に親しみをもっていた也斯の死を、東京の空が遠くから大雪を降りしきらせて見送った……。考えすぎだと苦笑しつつ、わたしは香港の庶民的な食堂の喧噪のなかでそんな感慨にとらわれた。

彼の死を報じる香港メディアの論調の主流は、「香港にも文学があることを主張しつづけた人」というものだった。わたし自身はかつて彼の文学を「越境と抵抗の歌」と捉え、そのボーダレスな言動と著作とその底流にひそむ、しなやかな抵抗精神について論じたことがある。しかし今は、詩人であり一個の人間である彼を、「ニガウリ精神」をもちつづけた人だったと思う。いみじくも葬儀委員会が葬儀当日に配布した追悼文集のタイトルは「也斯離去人間滋味（也斯、人間界の味わいから離れ去る）」であり、表紙は元学生の手になるニガウリの切り絵の図案だった。ちなみに葬儀委員会は晩年の彼が責任者であった嶺南大学人文学センターの関係者で組織され、中国文学科の黄淑嫻（Mary Wong）教授が委員長として獅子奮迅の働きを示していた。

彼にはニガウリを題材にした詩が何篇かあり、本人の選択による拙訳書にも「ニガウリ讃歌」が収められている。そこには「……高らかに歌うことだけが気概があるのだとは限らない」とあり、自己投影がなされている。「……僕は君の沈黙に敬服する／苦味は自分に残しておいて／畑の甘ったるい合唱の中で／一味違う味を守っている／君は人間のために邪熱を取り除き／疲れを取ろうと考える。君の言葉は晦渋だけど／僕たちの心も目をもすっきりさせ／改めてこの世界をじっくり咀嚼させてくれる／こんな不安定な日々のなかで他にそんなことをさせてくれる者がいるだろうか？／風になびかず、人の機嫌とりをしないニガウリは黙々と対峙している／ハチやチョウが乱れ飛び、花や草が雑然と混在しているこの世界と」。

わたしがはじめて也斯に会ったのは、二〇〇〇年代の初め、広東省のスワトウに行く途中で香港に立ち寄り、嶺南大学に氏を訪ねた時である。当初、わたしは自分の研究テーマである張愛玲（一九二〇—九五年）が青春時代に学んだ香港大学の関係者につてを求めていた。それでちょうど東京大学文学部の藤井省三教授のもとで映画について研究をしていた香港大学出身の黄淑嫻女史に相談した。彼女はその頃嶺南大学のコミュニティカレッジで教えていた。わたしに対するアドバイスは、古典中心の香港大学より、もう少し自由な研究ができる嶺南大学の梁秉鈞教授（也斯）を訪ねた方があなたのためになるのではないかというものだった。

香港に着くと、さっそく同行の友人とともに嶺南大学の研究室に氏を訪れた。ノックに応じてドアから笑顔がのぞいた瞬間、わたしは自分のまわりに暖かい空気が広がるのを感じ、「この人とは気が合う」と思った。それは恋愛感情などについてよく使われる「ビビッ」という刺激的なものではなく、「じんわり」とか「ふわあっ」とかいう、より根源的な人間的なものだったように思う。お互いに詩を書く――質・量とも比べるのもおこがましいことだが――ということからきているのかも知れない、と思うようになったのは、少したって彼の詩や小説、エッセイなどを読んでからのことだった。

氏は広東省で生まれ、物心つかないうちの国共内戦最終期に、両親に抱かれて香港に来た。自らのアイデンティティを香港にもち、文化がないと言われた商業都市香港で、香港の文学、香港の文化を主張しつづけた。氏の考えの根底には、West meets East すなわち東西の交流の場としての地理的有利性、中国大陸や台湾などと異なり、古典文学から現代文学まで政治に左右されることなくすべてが存在しつづけてきたという自負、俗も雅も、すなわち形而上学的な理念から衣食住などの庶民の日常生活のディテールまでが文学の対象であり文化であるとする理念があり、それらに基づいて執筆や発言が行なわれていた。だから、どんな事がらにも人物にも関心をもった。別の言葉で言えば、愛情を示した。

わたしは二〇〇五年四月から翌年の三月まで、梁秉鈞教授が長を務める嶺南大学人文学センターに訪問学者として滞在した。その間、氏はわたしの研究テーマである張愛玲関係の知識や資料の収集に便宜を図ってくれただけでなく、さまざまな人や事物、場所とのふれあいを体験できるよう尽力してくれた。欧米や中東の詩人たちとの朗読会、六〇年代・七〇年代の権利闘争の影をひきずる人たちの集まる有名な繁華街蘭桂坊のバー、過去と現在がオーバーラップする植民地時代の建物……。香港のことを少しでも知ってほしいという熱意がひしひしと伝わった。

そんな建物の一つに旧セントラル地区警察署があった。中国語圏の文学者たちの間では、一九四一年末から三年八ヶ月に及ぶ日本統治の間に、モダニズム詩人として有名な戴望舒（一九〇四―五〇年）が収監され、拷問を受けた場所として知られる。その時に戴望舒が書いた二篇の詩「わたしは傷ついた手で」と「獄中題壁」を、現代詩人也斯は自作の詩「地図を書きなおす」（拙訳書では最後に置かれている）に取りこみ、〈越境と抵抗〉のスタンスを表明した。

也斯は何度も来日し、二〇〇三年には国際交流基金のプロジェクトで、半年間東京大学に籍を置いて、東京に滞在した。その間に、彼の詩の翻訳もある藤井省三東大教授やその後書簡集『いつも香港を見つめて』（岩波書店、二〇〇八年）を共著として出版することになる四方田犬彦氏、早くから香港文学研究を行なって也斯の小説の翻訳もある西野由希子茨城大学教授らとも親交を深めた。さらには関西も訪れ、研究者たちと交流をもっている。

わたしも向島百花園を案内したところ、予想外の喜びようだった。その時の氏の想いは「百花の間で——向島百花園にて」として半年後に詩になった。ある情景が生み出す情緒と空気感、人や物との真摯な対峙など、彼の理念のすきまに漂う「情」がにじみ出ている。

也斯の来日は、二〇一〇年十一月に慶應大学日吉キャンパスで開催された第八回東アジア現代中国文学国際シンポジウムへの参加が最後となった。主催者の計らいで、あるセッションが彼の詩の朗読会とされた。北京語、広東語、英語、日本語、韓国語。国籍も年齢もさまざまな研究者たちの声が会場に響き合ったあの日、ボーダレスを願った彼の理想がつかの間の実現を見たのではなかったろうか。合掌。

ふくよかにかおりたつかろやかな言葉たち

――『もうひとつの時の流れのなかで』に寄せて

北澤憲昭

池上貞子さんが詩を書くのを知ったのは、いつのことだったろう。たしかなことは分からないけれど、この詩集に収められている「花吹雪」のプリントをいただいた記憶がある。第三聯を引く。

行きあわせた乙女らは
担わされたばかりの用向きを忘れ
両手を広げて　つま先立ちをする
まわり　めぐる
花びらたち

一九九七年から十一年間を池上さんとともに過ごした跡見女子大の新座キャンパスは、敷地中央を占める芝生の広場を縁取るように、さまざまな種類の桜が植えられている。季節ともなれば、薄紅から、白、薄緑まで、つぎつぎと花開いていって、風の日には、いっせいに花びらが舞い上がり、キャンパスに降り注ぐ。そんな或る日の情景である。「担わされたばかりの用向き」とあるから、たぶん助手のひとたちなのだろうが、助手といっても卒業して一、二年の女性たちがほとんどなので、学生と変わらない。「両手を広げて　つま先立ちをする」彼女たちが「まわり　めぐる」無邪気な姿と、彼女たちを包むように「まわり　めぐる」花びらたちが、一瞬ひとつになる。すてきなスナップショットだ。詩の末尾に日付がしるされていて「二〇〇四年四月十日」とあるから、このころまでには、池上さんを詩人として認知するようになっていたのだろう。

この日付は、季節を示すほかに、さしたる意味がありそうにも思われない。しかし、それが特別な日であることは疑いようがない。春の或る日に、若い女性たちが幼子のようにはしゃぐようすを目にした池上さんは、その光の消えないうちに言葉に捉えた。これによって、なんということのない一日が特別な日となったのだ。

花びらと戯れる女性たちは、いまも、言葉のなかで「まわり　めぐる」ことをやめずにいる。彼女たちは「まわり　めぐる」という一行を軸に花びらとともに、いまもなお旋回しつづけている。彼女たちは、「クロノス」と呼ばれる流れる時に属してはいない。その一瞬は、一瞬のまま永久にとどまりつづけている。「カイロス」と呼ばれる一瞬のチャンスを池上さんは逃さなかった。春の一日は、ここに書きとめられた光景によって、時の流れのうえに詩の一行のように屹立することとなった。ふくよかにかろやかにかおりたつ言葉たちの輪舞だ。

＊

この詩集には、ほかにも末尾に日付のある詩が散見される。これまでの三冊の詩集には年記のはいったものがあるにはあるが、日にちまでしるしたものはない。詩人にとって日付とは、どういう意味をもつのだろうか。

清冽で可憐な抒情で知られる台湾のモンゴル系詩人席慕蓉（シー・ムーロン）の作品には日付がしるされたものが多い。これは、彼女が画家であることに、おそらく由来している。画家は、しばしば自作の署名に日付を添えるからだ。署名は、個人の意識があたまをもたげはじめる時代のなかで成立した風習だが、そこに添えられる日付は、個人の成り立ちと時間の関係を暗示している。

一枚の絵を仕上げた画家は常と変わらぬ自己自身でありながら、その時、その場の自己でしかありえない。時のまにまに齢をかさねてゆく肉体の或る特定の時点における自分自身でしかない。年齢の数直線の目盛りは、むろん精神と呼ばれる次元にもかかわっている。

つまり、肉体と精神の変化と不変をめぐる一種のディレンマを、そして、そのディレンマこそが自己であるということを日付は示しているのだ。

それればかりではない。眼前にあらわれた画面は、それを描いたのが特別な自己であるということを示してもいる。完成された画面は、描くという行為において日常とは異なる別の時間を生きた証であり、その証によって自己は特別な自己として意識される。ふだんは伏流化している別の時間が地上に湧出した痕跡、それが画面なのである。物理的な――あるいは歴史にまつわる――時間の流れと個々人に固有の時間とが交差する一点において画面は完成をみる。日付が書き込まれる、もうひとつの理由である。つまり、作品に書き込まれる日付は、「もうひとつの時」の徴なのだ。席慕蓉の詩の日付は、詩もまた「もうひとつの時」を生きた証であることを示唆している。

池上さんも、水彩の絵筆をとる。一度だけ、カメラ付きモバイルフォンで写真を見せていただいたことがあるのだが、オリーブの枝と実を描いたその絵は、配色の繊細さに見どころがあった。本格的に絵画を学んだ席慕蓉と比べれば自娯の絵画にとどまるとはいえ、池上さんの場合、これを「文人画」と呼んでみたい誘惑にかられずにはいられない。詩人の絵だからというだけではない。彼女は、台湾現代文学の研究者であり、また、中国語による文芸作品の翻訳者でもあるからだ。げんに、席慕蓉の詩を、ぼくは池上さんの翻訳によって知ったのである。

＊

第二詩集『ひとのいる情景』の「あとがき」で、池上さんは、中国体験と翻訳の経験を詩作にむすびつけて語っている。

中国体験について、彼女は、天津での二年にわたる生活のなかで「何か」を見てしまったのではないかという。それによって、「情感」にまかせた自分のそれまでの文学観が「崩壊」したというのだ。その「何か」については明確にしるされていない。ただ、「所詮ひとは死すべきもの。そして、すべては食べることから、生きることから始まる」と述べるにとどめている。そして、彼女は、これを「中国人の生活、思考方法、そこから規定されてくる文学」の根差すところとみなしているのだが、そこは中国人のみならず、彼女自身の根差すところでもあるはずだ。死と食と生、これらの帰趨するところを一言で言い止めるならば「身体」と呼べるはずだからである。ここにしるされた思いは、天津在留中に重い病を患い入院生活を余儀なくされた体験ともかかわっているのにちがいない。

だが、変化は、すでに第一詩集『黄の攪乱』に見いだされる。たとえば、「心だけを見つめて　表白するのは／許されないのだろうか」（「心だけを見つめて」）という二行。内面へのまなざしを肯定しようとして身もだえするかのようなこの言葉は、内面から解き放たれることを願う身もだえの言葉のようにもみえるのだが、このアンビヴァレントな感覚こそ、内界と外界のなかだちとしての身体の在り方にほかならない。彼女は、こうして、やがて視線を外界へと、「ひとのいる情景」へと放つこととなるだろう。あるいは、こういってもよい。身体を介して、池上さんは中国という外部を、あらためて見出したのだ、と。

言葉もまた、外部と内面のなかだちとなる。同じく第二詩集の「あとがき」で、彼女は、翻訳の仕事が「ともすればあらぬ方向へ向かいがちな夢遊病者の私を中国語の世界につなぎとめてくれた」といい、それが「私の詩のひとつの境地を造ることにもつながった」と述べている。自分自身と世界とを、あるいは、自己と他者とをつなぐ言語という厳然たるシステムの自覚、それが詩のあらたな「境地」をもたらしたというのだ。しかも、翻訳家において、言語は二重化している。内と外をつなぐふたつのシステムのあいだに翻訳家は営々と橋を築きつづけるのである。

*

翻訳家としての池上貞子さんを語ろうとするとき、張愛玲（チャン・アイリーン）と也斯（ヤ・シ）の二人を欠くことはできない。小説と詩というジャンルの別はあるものの、中国語という他者の言語でしるされた言葉に、池上さんの言葉が共鳴し、池上さんの言葉が、詩と小説の言葉を香りたたせる。ページから聞き取られる言葉の響きは、まごうかたなく池上さんのものであり、ページから放たれる香気も池上さんのそれにほかならないのだが、そこに張愛玲と也斯の言葉たちが倍音を与え、重ね付けされた香水のようなモアレ効果を醸している。

八〇年代末にはじまる池上さんは張愛玲研究を、二〇一一年に『張愛玲――愛と生と文学』という本にまとめたとき、池上さんはエピグラフに自身の詩を引いている。この詩集に収められている「風」だ。最晩年、他人との接触を避け続けた張愛玲の終の棲家を訪ねたおりの思いを言葉にした絶唱ともいうべき一篇である。張愛玲の言葉の花園を、さまざまにそよがせる他者の言語、その透明な身体。翻訳者としての思いが、この抑制された抒情を可能にしたのだと思う。翻訳者であり、研究者でもある池上さんの矜持に裏付けられたリリカルな自己規定だ。

あなたはもう拒むこともできないのに
ためらわれるのですが
いましばらくここにいさせてください
わたしは風です

あとがき

本詩集はわたしにとって第四詩集になりますが、第三詩集『同班同学』(一九九一年)とのあいだに四半世紀以上の歳月がたってしまっていて、我ながら、今さらながら驚いています。わたしは昨年、古稀を迎え、二十年間奉職した跡見学園女子大学を定年退職しました。この詩集はいろいろなことの総括や記念の意味合いがあるのは否めません。

とはいえ、これでもう詩作は行わないという意味ではなく、これまで通り、精神状態が詩のモードになった時はいつでも書くつもりはあります。ただ、これが不思議なことに、時間的余裕があればということではないらしく、生活の大半を占めていた大学の仕事がなくなったからといって、なかなか詩モードに切り替わりません。その契機は何なのか、この齢になってもよくわからないのは、なんとも不甲斐ないことではありますが。

そんな詩作人生でも、所属していた二十世紀文学研究会の顧問的存在だった小島信夫先生に、「キミの詩を読むとホッとするよ」とおっしゃっていただいたことがあり、続けることの励みになっています。

本書の構成は、Ⅰは日常生活の所感が中心で、仕事、研究、交友関係などがテーマになっています。Ⅱは非日常というか、主に国外にあって感じたことで、場面はカナダ、アメリカ、中国、韓国、台湾などです。ⅠとⅡの作品のごく一部は、所属していた同人誌「文学空間」に掲載したものもありますが、一方ではワープロのフロッピーディスクの中で眠っていて、自分でさえ書いたことを忘れていたりしたものもあります。出版に間に合うように所在が確認できたことを幸運に思います。Ⅲは、一昨年、研究仲間と福建省の泉州・アモイを旅行した時、三十年ぶりに訪れたアモイに脳が感応して詩モードになり、旅行中・帰国後の一時期に集中的にできたものです。

最後に、よき文友であった香港の詩人也斯追悼のために専欄（特別欄）を設けました。詳しいことは所収のエッセイ「遠くで降りしきる雪に見送られながら」を読んでいただくとわかりますが、享年六十四歳という氏の早逝を心から残念に思います。氏が香港という文化のために生涯奮闘しつづけたことを、わたしは決して忘れないでしょう。

また、この度、美術評論家の北澤憲昭氏に跋文を書いていただけたこと、何とも光栄で嬉しく思います。氏とは跡見学園女子大学への赴任が同時期で、十余年のあいだ同僚として過ごしました。中国語・中国文学関係の授業を担当していたわたしが詩を書くことに、何かにつけて激励する言葉をかけていただきました。半分は冷やかしだったのかもしれませんが、半分は素直に受け取って、詩を書くことから離れないよう心掛けたつもりです。ちなみに氏には、わたしが他の人からめったに言われることのない「あなたは我儘だ」という言葉を投げつけられたことがあります。それがトラウマになり、今でもわたしにとってコワイ人です。その氏に跋文をお願いするとは、恐いもの見たさというか何というのか、我ながらいい度胸ですね。

けれどそれにも増して気になるのはやはり、この拙い詩集を読んでくださる読者の皆さま方の感想です。前回から四半世紀もたっているのに、あるいはその年齢なのに、まだこの程度か、と言われるのは覚悟しています。ただ、どうか、その年齢なのだからもうそのあたりで、とはおっしゃらないでください。もうしばらく書きつづけて、登り坂にもならない細い道に牛歩の歩みを刻みたいと思っています。

最後に、足元のおぼつかないわたしを導いて、この詩集完成までにたどり着かせてくださった編集の遠藤みどりさんと、その足掛りをつくってくださった前編集者の亀岡大助さんに心より感謝申し上げます。

二〇一八年六月十七日

池上貞子

池上貞子（いけがみ　さだこ）
一九四七年埼玉県生まれ。東京外国語大学中国語科を経て、東京都立大学修士課程修了。跡見学園女子大学名誉教授。詩集に、『黄の攪乱』『ひとのいる情景』（以上、詩学社）、『同班同学』（リーベル出版）。著書に、『張愛玲——愛と生と文学』（東方書店）。主な訳書に、張愛玲『傾城の恋』（平凡社）、朱天文『荒人手記』（国書刊行会）、齊邦媛『巨流河』（共訳、作品社）、焦桐『完全強壮レシピ』、席慕蓉『契丹のバラ』、也斯『アジアの味』、杜国清『ギリシャ神弦曲』、夏宇『時間は水銀のごとく地に落ちる』（以上、思潮社）など。

もうひとつの時の流れのなかで

著者　池上貞子
発行者　小田久郎
発行所　株式会社思潮社
〒一六二－〇八四二　東京都新宿区市谷砂土原町三－十五
電話〇三－三二六七－八一五三〈営業〉・八一四一〈編集〉
ＦＡＸ〇三－三二六七－八一四二
印刷所　三報社印刷株式会社
発行日　二〇一八年七月十五日